Für:

Von:

Barbara Behr
Edition

MIX
Papier aus verantwortungsvollen Quellen
FSC® C020056

ISBN 978-3-649-63756-1

Hafenweg 30, 48155 Münster, Germany
Illustrationen und grafische Gestaltung: Barbara Behr
Textsatz: Thomas Wolters, Internetlitho
Redaktion: Nina Sträter

www.coppenrath.de

Gitta Edelmann & Regine Kölpin

MORD IM WEIHNACHTSEXPRESS

24 HEITERE KRIMIS

Adventskalenderbuch
mit Ausklappseiten

COPPENRATH

INHALT

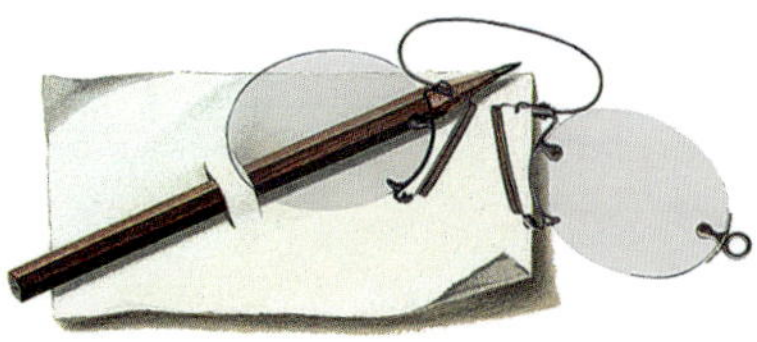

DER WEIHNACHTSSCHUFT

Die Advents- und Weihnachtszeit,
Kerzenschein und Tannenduft,
öffnen Tür und Tor ganz weit
für manchen bösen Weihnachtsschuft.

Nicht jeder ist fürs Fest geschaffen
und hat genug Familiensinn.
Nur deshalb schärft der Schuft die Waffen
und rafft den Weihnachtsfrieden hin.

Natürlich weiß er alles besser,
unser alter Weihnachtsschuft,
denn er versteckt das scharfe Messer
in der weihnachtlichen Kluft.

Manchmal killt er still und leise,
manchmal knallt es laut und schrill.
Mordet stets auf seine Weise,
eben so, wie er das will.

Er liebt Streit in jedem Haus,
legt seine frevelhafte Saat.
Darum bleibt sie auch nicht aus:
die weihnachtliche Moritat.

2007
N S

Adventskalender

Es klingelt. Als Steffi die Tür öffnet, steht ihre Mutter davor, schwer beladen mit Koffer, Tasche und einer Kuchenglocke.

„Mama – was machst denn du hier?“

„Ich bin das erste Türchen von deinem Adventskalender, mein Schatz“, antwortet sie und drängt sich an ihr vorbei.

Steffi atmet tief durch. „Heißt das, dass ich jetzt jeden Tag Besuch kriege?“ Eine Horrorvorstellung – sie muss noch vor Weihnachten das Manuskript abgeben und hinkt dem Zeitplan hinterher.

„Wart’s ab“, sagt Mama und geht in die Küche, um Kaffee zu kochen.

Der Nachmittag wird ganz gemütlich, obwohl Steffi natürlich kein einziges Wort schreiben kann. Aber morgen!

Doch nach dem Frühstück klingelt es. Tante Lene.

„Bist du etwa das zweite Türchen?“, fragt Steffi.

„Du hast’s erfasst.“ Tante Lene marschiert in die Küche, wo Steffis Mutter schon ein drittes Gedeck aufgelegt hat.

„Ich habe aber keine Zeit für euch“, erklärt Steffi. „Ich muss arbeiten.“

„Ach, das bisschen Schreiben …“ Tante Lene greift kräftig zu und Steffi ergibt sich in ihr Schicksal.

Nach dem Mittagessen verziehen sich Mama und Tante Lene ins Gästezimmer, das sie als Schwestern gerne teilen. Steffi fährt ihren Computer hoch – da klingelt es.

„Opa! Was machst du denn hier?“

„Ich bin das dritte Türchen!“, sagt er.

„Aber heute ist doch erst der Zweite! Und Tante Lene ist schon gekommen.“

Opa runzelt die Stirn. „Der Zweite? Komisch.“

Natürlich bittet sie ihn herein, was soll sie sonst tun? Und natürlich kommt sie kein Wort weiter, schon gar nicht, als es Abend wird und organisiert werden muss, wer wo schläft. Sie überlässt Opa ihr Bett und zieht aufs Sofa. Hoffentlich reisen morgen alle wieder ab!

Doch sie bleiben, kochen, unterhalten sich mit Steffi, besetzen ihr Bad. Verflixt, warum versteht niemand, dass sie einfach nur allein sein und schreiben will?

Das vierte Türchen ist Cousin Robert, der Iso-Matte und Schlafsack dabeihat. Dafür bringt Schwägerin Christiane ihr fünf Monate altes Baby mit, denn eigentlich ist der kleine Ben das fünfte Türchen und sie erst das sechste.

Es ist voll in Steffis Wohnung, keiner macht Anstalten, wieder abzureisen. In stumpfer Verzweiflung flieht sie aus der Wohnung, als Onkel Georg auftaucht. Sie muss etwas tun!

Am Ende der Straße liegt der Friedhof, dort wächst eine Eibenhecke. Die Nadeln sehen ein wenig aus wie Rosmarin. Sie pflückt eine Handvoll, eilt nach Hause und würzt damit die Kartoffeln, die auf dem Herd köcheln. Und beim Mittagessen sacken alle auf ihren Stühlen zusammen.

Steffi betrachtet ihre toten Verwandten, die sie jetzt irgendwie loswerden muss, als es erneut klingelt.

Dieses Mal ist es der Wecker. Sie ist allein. Das Handy zeigt den 1. Dezember. Hastig schreibt sie eine WhatsApp in die Familiengruppe: Hab eine Reise in die Karibik gewonnen und bin bis nach den Feiertagen weg!

Dann steht sie auf und fährt den Computer hoch. Leider ist der Abgabetermin für ihr Manuskript nicht bloß ein Traum.

Ausfahrt
1

AM FENSTER – TEIL 1

„Meinst du, wir sollen die Polizei anrufen?"
Carlas Stimme reißt mich aus meiner Konzentration.
„Polizei? Wieso sollten wir die Polizei anrufen?"
„Na, wegen der Axt!"
Ich starre Carla an. „Axt?"
Sie beugt sich über ihren Schreibtisch zu mir. „Oder hast du den Herrn Frode heute schon gesehen?"
Die Frodes wohnen gegenüber und aus dem Fenster unseres gemeinsamen Übersetzerbüros haben wir den besten Ausblick auf ihr Einfamilienhäuschen. Carla liebt es, ihren Blick zwischen den Goldpapiersternen hinüberschweifen zu lassen, um besser denken zu können, wie sie behauptet. Ich nehme eher an, sie hat ein Auge auf Herrn Frode geworfen.
„Nein", sage ich. „Aber ich habe den auch gestern und vorgestern nicht gesehen."
„Siehst du? Ich auch nicht. Wir sollten doch die Polizei …"
„Carla!"
„Die Frau Frode hat vorhin eine Plastikplane und eine Schaufel aus dem Auto geholt. Und gestern schon eine Axt!"
„Ist bestimmt für den Weihnachtsbaum", versuche ich sie zu beruhigen.
Carla schüttelt den Kopf. „Wenn sie mit der Axt einen Baum geschlagen hat, braucht sie doch keine Plane, um ihn einzuwickeln, und schon gar keine Schaufel, um ihn zu begraben."
„Vielleicht will sie ja einen Baum ausgraben? Und später wieder in den Garten setzen? So aus Umweltschutzgründen?"
„Dann braucht sie keine Axt."
Hm. Irgendwie hat Carla damit recht.
„Und die Freundin, die heute Morgen bei ihr war, du weißt schon, die blonde, die immer so tolle Schuhe anhat – hast du die wieder gehen sehen?"

„Ich schaue nicht so oft aus dem Fenster wie du, Carla!"
„Also, ich nämlich nicht."
Ich seufze und stehe auf. „Willst du auch einen Tee? Ich mach die Adventsmischung mit Zimt – die beruhigt!"
Carla schüttelt den Kopf und ich gehe in die Küche.
Als ich zurückkomme, starrt sie weiter aus dem Fenster.
„Und – gibt's was Neues?", frage ich leichtsinnigerweise.
„Ich habe nachgedacht", sagt Carla. „Über diese Freundin. Früher war die ganz oft hier, aber in der letzten Zeit … Also, ich glaube, die war im Advent noch nicht bei Frau Frode. Dabei hat die mir mal am Glascontainer erzählt, dass sie seit der Schulzeit ihre beste Freundin ist."
„Vielleicht ist sie umgezogen und kommt deshalb seltener. Mensch, Carla, dafür kann es tausend Erklärungen geben."
Meine Freundin nickt bedächtig und ich mache mich wieder an meine Übersetzung.
Keine fünf Minuten später schnappt sie sich ihr Handy und verlässt das Büro.
„Er geht nicht ran", sagt sie, als sie zurückkommt.
„Wer geht nicht ran?"
„Der Herr Frode."
Ich kann mein Stöhnen nicht zurückhalten.
„Was ist, wenn er tot ist?", fragt Carla.
„Wieso sollte er tot sein, wenn er nicht ans Handy geht?"
„Na, wegen der Axt und der Plane und der Schaufel."

(Fortsetzung folgt)

2

AM FENSTER – TEIL 2

„Wieso hast du überhaupt seine Nummer?"
Carla lächelt verschmitzt. „Hat er mir mal gegeben, als die Baustelle hier war. Damit ich ihn anrufen kann, falls irgendwas ist."
„Was …?" Ich verstumme und versuche weiterzuarbeiten.
„Kannst du mal rübergehen und klingeln?", dringt es an mein Ohr. „Das lenkt die Frau Frode ab und ich kann in den Garten gehen und ins Haus gucken. Dann seh ich vielleicht …"
„Carla! Es reicht!"
Doch ihr flehentlicher Blick erweicht mein Herz. Außerdem weiß ich, dass sie mir keine Ruhe lassen wird, bis ich ihr helfe. Ich nehme also einen der hübsch verpackten Weine, die wir als Präsent von einem unserer Kunden bekommen haben, schlüpfe in meine Schuhe und gehe über die Straße. Als ich mich an der Tür noch einmal umschaue, huscht Carla gerade um die Hausecke. Ich klingle.
Frau Frode sieht trotz des leichten Shirts erhitzt aus.
„Ich hoffe, ich störe nicht", sage ich schnell. „Ich wollte nur kurz einen kleinen Weihnachtsgruß abgeben."
Sie runzelt die Stirn, nimmt die Flasche dann aber entgegen und sagt: „Danke. Ich habe leider keine Zeit, ich muss etwas fertig machen, bevor mein Mann wiederkommt."
Ich nicke freundlich und verabschiede mich wortreich, um Carla noch ein paar Sekunden zu schenken.
Als Carla anschließend das Büro betritt, empfange ich sie mit den Worten: „Sie wollte etwas fertig machen, bevor ihr Mann wiederkommt. Ist also alles okay."
Carla ist sehr blass. „Ich fürchte, das stimmt nicht", flüstert sie.

„Im Wohnzimmer stehen genau die Schuhe, die die Freundin heute Morgen getragen hat."
„Und? Vielleicht hat Frau Frode die gleichen?"
„Da ist Blut auf dem Boden ... Ziemlich viel Blut."
Ich zucke zusammen. „Bist du sicher?"
Sie nickt langsam. „Sie hat sie umgebracht. Alle beide. Aus Rache. Die hatten bestimmt was miteinander, der Herr Frode und die Blonde mit den tollen Schuhen."
Auf einmal kommen mir Carlas Worte gar nicht mehr so abstrus vor. Habe ich nicht letzte Woche im Shoppingcenter beide zusammen gesehen? Sehr vertraut? Vielleicht haben sie ja gar nicht nur nach einem Geschenk für Frau Frode gesucht?
„Im Garten ist ein großes Loch", fährt Carla fort.
Sie hat mich überzeugt.
„Ruf die Polizei!"
Das lässt sich Carla nicht zweimal sagen.
Die Polizei ist erstaunlich schnell da. Leider können wir von unserem Fenster aus nicht hören, was gesagt wird. Aber man nimmt Frau Frode mit. Wenig später kommt ein Rettungswagen und schließlich klingelt es bei uns.
„Ich würde gerne Ihre Aussagen aufnehmen", sagt der Polizist an der Tür. „Es handelt sich hier tatsächlich, wie Sie vermutet haben, um ein Verbrechen. Beinahe wären es sogar zwei geworden. Frau Frode hatte ihren Mann seit drei Tagen im Keller eingesperrt."
„Er lebt!", haucht Carla.
Um Herrn Frode brauche ich mir keine Sorgen zu machen.
Carla hat ihn im Blick.

3

4

Jetzt erst recht, denke ich und steuere auf den Losbudenmann zu. „Was ist denn der Hauptgewinn?", frage ich ihn. „Der da?" Ich zeige auf einen riesigen Teddybären.
Er grinst mich breit an. „Liebe oder Rache?" Er wackelt einmal mit dem linken und einmal mit dem rechten Eimer.
Ich muss nicht lange überlegen. „Rache!", sagte ich und lege den Kopf schief. „Fragen Sie das immer?"
Der Mann wirft den Kopf in den Nacken und lacht laut auf. „Klar, es ist Weihnachten und die Leute wollen Liebe, keine Rache. Liebe verkauft sich besser."
Ich verstehe. „Sie betrügen. Im Liebeseimer sind nur Nieten und der Gewinn ist in dem Behältnis, wo zu Weihnachten keiner reingreifen mag. "
„Kann man so nicht sagen." Langsam wird der Mann unwirsch.
Ich recke das Kinn, deute auf den Racheeimer und greife hinein. Micha braucht mal einen Denkzettel.
Zu Hause reiche ich ihm das Los. „Sieh nach! Vielleicht hast du gewonnen."
Micha reißt das Papier auf, wird blass und gibt mir den Zettel.
„Das ist schamloser Betrug! Das soll der Hauptgewinn sein?"
Ich lese und kann mein Lachen kaum unterdrücken.
Hauptgewinn:
Eintägiger Workshop für den Heimwerker. Särge zum Selbstbauen. Kein Sarg mehr von der Stange!
Volltreffer! Micha werkelt doch gern. Warum nicht an seiner Zukunft?

AUF DEM WEIHNACHTSMARKT

Endlich kann ich Micha dazu überreden, mit mir auf den Weihnachtsmarkt zu gehen. Er mag das nämlich nicht so und meint, das wäre alles Nepp. Zu teuer, der Glühwein zu süß und zu kaufen gibt es seiner Ansicht nach nur Ramsch.

Er zieht es vor, in seiner Werkstatt zu schreinern. Kann er ja auch, aber bitte nicht während der Adventszeit.

Ich freue mich, als ich die ersten Weihnachtsklänge höre und mir der Duft von gebrannten Mandeln, Waffeln und Bratwurst entgegenschlägt. Eine seltsame Melange, aber zum Weihnachtsmarkt passt es perfekt.

Micha zieht ein leicht sauertöpfisches Gesicht. Wir trinken einen Punsch, schlendern an den Kinderkarussells vorbei und ich inspiziere das ausgestellte Kunsthandwerk.

„Das ist Kitsch", sagt Micha. „Kann ich besser."

„Aber es gehört zu Weihnachten", kontere ich.

Widerwillig verspeisen wir die zugegebenermaßen überteuerte Bratwurst. Da fällt mein Blick auf die Losbude, die direkt neben der mit den gebrannten Mandeln steht.

„Heute exklusiver Hauptgewinn!", tönt der Budenbesitzer. „Greifen Sie links oder rechts und gewinnen Sie!"

Ich stoße Micha an. „Komm, wir kaufen ein Los. Vielleicht gewinnen wir!"

Micha schüttelt den Kopf. „Lass uns gehen. Ich hasse es hier."

Wir debattieren eine Weile, das Ganze eskaliert im Streit, der damit endet, dass Micha beleidigt abhaut.

JOHNNY

Mit zitternden Händen lässt Rita die Leselupe sinken.

„Johnny? Johnny, komm!“, ruft sie, zuerst in der Wohnung, dann aus dem Fenster in den Gemeinschaftsgarten, wo Johnny gerne spielt. Doch er kommt nicht. Es muss wahr sein, was in dem Brief steht:

Wir haben Johnny. Wenn sie ihn zurükwolen legen sie heute aend um 20 Uhr 3.000 Euro grün eingewickelt unter den Weinachtsbaum vor der Kirche. Kein Polizei.

Johnny ist entführt worden!

Natürlich ist sein Leben sehr viel mehr wert als 3.000 Euro, das Problem ist nur, dass sie das Geld nicht hat. Einen Moment lang stellt sie sich vor, was die Täter ihm antun könnten, und Tränen füllen ihre Augen.

Soll sie ihren Neffen Sascha anrufen und um Hilfe bitten? Aber der ist ständig pleite, wie könnte er sie da unterstützen?

Sie liest den Brief noch einmal. Er ist mit dem Computer geschrieben und in großer Schrift ausgedruckt worden. Sie findet mehrere Rechtschreibfehler. Vielleicht sind die Entführer nicht übermäßig schlau?

Johnny ist sehr intelligent. Wie man ihn kidnappen konnte, ist ihr schleierhaft. Obwohl er manchmal ein wenig zu vertrauensvoll ist.

Rita fühlt sich schwach. Sie hat allerdings auch noch nicht gefrühstückt. Kein Wunder, dass sie nicht richtig denken kann. Nach einem Käsebrot geht es ihr langsam besser, doch als sie die zweite Scheibe Brot mit Leberwurst bestreicht, kommen ihr erneut die Tränen. Es ist Johnnys Lieblingsleberwurst. Für die tut er alles.

Zwei Stunden später hat Rita zwar immer noch keine Idee, woher sie das Geld nehmen soll, aber sie sucht schon mal grünes Geschenkpapier heraus. Ja – da ist welches von Elfriedes letztem

Weihnachtsgeschenk. Und zusammen mit dem Papier kommt die Lösung: Elfriede hat stets Unmengen von Bargeld zu Hause und leiht ihr sicher die 3.000 Euro, wenn sie ihr sagt, dass sie für Johnny sind!

Zum Glück ist es nicht weit zur Kirche und der beleuchtete Tannenbaum zeigt ihr den Weg. Die Kirchturmuhr schlägt acht, als sie das Päckchen wie befohlen unter den Baum legt. Wartet da irgendwo jemand? Diese verdammten schwachen Augen!
Sie verlässt den Vorplatz, hastet um die Kirche herum und bleibt an der letzten Ecke stehen. Vorsichtig linst sie zum Baum hinüber. Die Entführer müssen das Geld schnell abholen, sonst findet es am Ende ein anderer. Ja, da bückt sich eine dunkle Gestalt. Und neben ihr steht – Johnny!
„Johnny! Leberwurst Apport!", schreit sie.
Als Labrador Retriever ist Johnny nicht nur ein exzellenter Hilfshund, sondern auch Spezialist für das Apportieren von Wild. Oder von einem Stapel Geldscheine, der in grünes Geschenkpapier gewickelt wurde, das Rita zuvor mit Leberwurst eingestrichen hat. Johnny schnappt dem Mann das Päckchen aus der Hand, reißt sich los und bringt es schwanzwedelnd zu Rita, die ihn hinter der Kirche in die Arme schließt.
„Scheiße!", ruft der Mann. Rita erkennt die Stimme. Sascha. Sie hätte es wissen müssen … Aber um den kümmert sie sich später. Johnny und sie werden jetzt erst mal zusammen nach Hause gehen, wo ein schönes Leberwurstbrot auf ihren Schatz wartet! Und Rita wird die zweite Kerze auf dem Adventskranz anzünden, die sie heute Morgen glatt vergessen hat.

5

Nikolausüberraschung

Nikolaustag! Und mein Klausi hatte ein Geschenk. Ich freute mich wirklich, denn normalerweise dachte er nur an sich und war recht knausrig. Überhaupt war es mit Klausi nicht so einfach, aber nach über dreißig Ehejahren hatte ich mich daran gewöhnt, dass er immer recht hatte. Also wirklich und immer.

Aber nun hatte er an mich gedacht.

„Wir gehen heute Abend kochen“, sagte er. „Bei diesem Weihnachtsmenü steht man am Fest kaum in der Küche.“

Das wiederum fand ich nett, denn immerhin würde mir das am Weihnachtsabend reichlich Zeit sparen. Klausi gab zwar gerne unentwegt Kommentare ab und erklärte mir, was ich zu tun hatte, aber die Finger machte er sich nur ungern selbst schmutzig.

Wir waren eine kleine Runde von elf Kochenden. Mein Klausi übernahm sofort das Wort, er kannte sich schließlich aus, das musste der Seminarleiter schnell und neidlos anerkennen.

Allerdings schlug mein Klausi zugegebenermaßen etwas über die Stränge. Als er schließlich das Messer wichtig über den Köpfen der anderen schwang, weil einer der Teilnehmer die Möhre falsch geschnitten hatte, bekam ich es ein bisschen mit der Angst zu tun.

Klausi und ich sollten die Zucchini-Knoblauch-Suppe mit Scampi zubereiten. Ich hätte lieber mit Albert, einem ruhigen und besonnenen Mann, gekocht, aber da ließ mein Klausi nicht mit sich reden. Immerhin sollte ich rasch lernen, wie ich das am Heiligen Abend richtig hinbekam, und da schaute er mir lieber auf die Finger.

„Du musst die Garnelen entdarmen“, erklärte er großspurig und zeigte auf den Rücken des Tieres, wo unter dem Panzer ein kleiner dunkler Faden zu sehen war. Ich fand das etwas eklig, ließ mir aber von meinem Mann erklären, wie man vorging.
Beim Kochen hielt ich mich streng an die Anleitung, aber ich konnte Klausi trotzdem nichts recht machen. Er verbesserte mich, er reglementierte mich und einmal schlug er mir sogar auf die Finger.
Da mischte sich Albert ein.
„Klausi, deine Frau ist doch kein Kleinkind! Dann koch du die Suppe allein und sie kann mir bei der gefüllten Truthahnbrust helfen.“
Klausi lief rot an, schluckte seine Wut aber hinunter und gab klein bei. Dann konnte er das Lob nachher wenigstens allein einheimsen.
Als wir später in der Gruppe gemeinsam speisten, rühmte mein Klausi seine Suppe über alle Maßen. Natürlich war sie ihm am besten gelungen. Ihm, dem Meisterkoch, dem nie ein Fehler unterlief. Die gefüllte Truthahnbrust war ihm eine Spur zu trocken, das Tiramisu ein bisschen zu schokoladig.
„Nichts gegen meine Suppe!“ Er lehnte sich zurück und musterte alle. „Für diese Suppe könnte ich sterben.“
Diesen Satz wiederholte er in einer Dauerschleife.
Beim dritten Mal dachte ich, dass das tatsächlich gar keine so schlechte Idee wäre. Immerhin sollte ich das Menü zu Weihnachten kochen und Albert war wirklich nett …

6

KS • Books
PARIS

Adventskaffee

Sabine kommt zum Adventskaffee. Wie jedes Jahr seit unserer Schulzeit, trotz aller Umstände. Wie immer hat sie sich schick gemacht. Ihr nicht mehr ganz unerhebliches Gewicht ist weihnachtsrot verhüllt, und sie trägt die süßesten Schuhe, die ich seit Langem gesehen habe. Natürlich passen sie nicht zum frostigen Wetter, aber die paar Schritte vom Auto bis zu meiner Haustür schafft Sabine sicher, ohne dass ihr die Fußknöchel erfrieren. Leider.

„Ich hab dieses Jahr mal wieder Linzer Torte gebacken“, sage ich schon bei der Umarmung. „Nach dem Rezept meiner Mutter – die hast du doch immer so gerne gegessen.“

Sabine freut sich über die Linzer Torte, den bunten Keksteller und den Kaffee, den wir beide wie immer schwarz trinken. Wir reden über allerlei, nur nicht über Robert.

„Hast du meine Schuhe gesehen?“, fragt sie schließlich.

Ich nicke. Sie sind tannengrün mit einem dünnen Schleifchen und Prinzessabsatz. Kitten Heels sagt man wohl jetzt dazu und die sind wieder ganz modern.

„Hab ich bei *eBay* gefunden“, erklärt Sabine. „Ein absolutes Einzelstück. Willst du sie mal anziehen?“

Sabine und ich haben die gleiche Schuhgröße und als Teenager besaßen wir zusammen einen riesigen Schuhschrank. Bei Schuhen gab es kein Mein und Dein. Und wenn meine Mutter mal wieder schimpfte: „Was hast du dir denn da gekauft?“, antwortete ich einfach: „Die gehören Sabine.“

Leider hat Sabine das mit dem Eigentum in anderen Lebensbereichen bis heute nicht kapiert. Aber immerhin lässt sie mich ihre neuen Schuhe anprobieren. Sie sitzen wie angegossen. Und wür-

den wunderbar zu meinem Hosenanzug passen, den ich am Heiligen Abend anziehen will.
Sabine ist nicht in meine schwarzen Ballerinas geschlüpft, sind ihr wohl nicht fein genug. Und nach ein paar Minuten fordert sie ihre tannengrünen Schätze zurück. Widerwillig komme ich dem nach. Ich weiß ja, was sich gehört. Ich nehme ihr nicht einfach etwas weg.
Stattdessen schlage ich Sabine vor, den neuen Gartenteich zu besichtigen, der jetzt mit den gefrorenen Ästen total romantisch aussieht. Es sind von der Terrasse aus nur ein paar Schritte, also stimmt sie zu.
„Geh ruhig vor“, sage ich, als wir die Treppe hinunter in den Garten gehen. Und das tut sie. Sie weiß ja nicht, dass die Steinstufen bei Frost immer spiegelglatt sind. Es genügt ein winziger Schubser und –
Ich rufe den Notarzt. Leider hat es nicht ganz so geklappt, wie ich dachte. Sabine hat sich nicht das Bein gebrochen. Stattdessen liegt sie nun mit aufgerissenen Augen tot auf meiner Gartentreppe. Genickbruch, nehme ich an.
„Sie wollte unbedingt in den Garten“, schluchze ich dem Arzt vor. „Ich habe sie noch gewarnt.“
„Dass Frauen aber auch immer diese unpraktischen Schuhe tragen müssen!“ Er schüttelt den Kopf und blickt auf Sabines leichte Ballerinas und meine Füße in den tannengrünen Kitten Heels.
Ich gehe zurück ins Haus. Ob ich Robert anrufen soll? Nein, ich denke, meinen untreuen Ehemann nehme ich nicht von ihr zurück.
Ich habe schon alles von Sabine, was ich will.

WEIHNACHTSGESCHÄFT

„Fräulein, wo haben sie denn die Wollsocken? Ich meine, so richtige. Aus Wolle."
Fordernd schwenkt die alte Dame ihren Spazierstock.
„Gleich da drüben." Angela weicht dem Stock aus und führt die Kundin zu dem Ständer, an dem die Socken aus Schurwolle hängen. Sie bleibt neben ihr stehen und versucht, tief durchzuatmen. Die alte Dame befingert ein Paar nach dem anderen.
„Für das Geld sind die aber ziemlich dünn", murrt sie. „Ich will die doch verschenken, da soll es schon etwas Richtiges sein!"
„Hallo! Sie!"
Angela dreht sich um – ist sie gemeint?
„Gibt es hier auch solche Strumpfhosen mit Bauch weg?"
Wozu Bauch weg? Das Mädel ist doch nur Haut und Knochen!
Angela deutet dennoch auf das Regal mit der Shapeware. „Selbstverständlich – figurformende Strumpfhosen finden Sie dort drüben!"
„Kasse! Warum ist denn hier niemand?"
Angela eilt zu der unwirschen Kundin und sieht dabei auf die Uhr. Es ist noch nicht einmal Mittag. Und dies ist erst der Anfang des Weihnachtsgeschäfts. Aber irgendwie scheinen in diesem Jahr alle darauf versessen zu sein, Strümpfe und Strumpfhosen zu kaufen. Und mit zwei kranken Kolleginnen bleibt alles an ihr hängen.
Sie scannt die Socken ein. „Neunzehn achtzig."
Die Kundin nickt und kramt in ihrer Handtasche nach dem Portemonnaie. Hätte sie das nicht schon vorher tun können? Hoffentlich zahlt sie wenigstens mit Karte.
„Das hab ich, glaube ich, passend." Die Kundin zieht einen Zehneuroschein heraus und sucht dann ihr Münzgeld zusammen.

EATER DER MODEN
SKLAD UBIOROW MESKICH I DZIECIECYCH
KRAKOW
8
OPEN

„Zwei, vier, fünf … wo ist denn …“
„Hallo, Sie da, können Sie mich mal beraten?“
„Einen kleinen Moment, ich muss erst kassieren.“
„Acht … neun, neun zwanzig, dreißig, fünfunddreißig … ach nein, ich krieg es doch nicht zusammen. Moment, dann gebe ich Ihnen einfach einen Zwanziger.“
Angela beißt sich auf die Lippen. Sie bräuchte so dringend etwas Ruhe. Zu Hause ist ja gerade so viel los mit Manfred und den Kindern. Und die Demenz ihres Schwiegervaters wird immer schlimmer. Wenn sie nur …
Mechanisch gibt sie das Rückgeld und den Kassenbon heraus.
„Kommen Sie jetzt endlich mal?“, ruft es von irgendwoher.
Aus der anderen Richtung tönt: „Haben Sie auch Spitzensöckchen für Kinder?“
Einen winzigen Moment lang schließt Angela die Augen.
„Ey, sind Sie zum Bedienen hier oder zum Rumstehen?“
Angela zwingt sich zu lächeln.
„Ja, bitte?“
Die Frau hält ihr schwarze Leggings entgegen. „Sind die reißfest?“, fragt sie unfreundlich.
Angela nimmt die Leggings in die Hände, dehnt sie leicht, legt sie der Kundin um den Hals und zieht fest zu. Die Kundin sinkt zu Boden.
„Ja, die sind reißfest“, sagt sie.
Dann wählt sie die 110.
Gleich hat sie endlich Ruhe!

11

Er öffnete sofort und lächelte mich überrascht an. „Ach, Frau Meyer.“
„Ich wollte mich bei Ihnen entschuldigen“, sagte ich und reichte ihm das lange Präsent. „Ich weiß, dass mein Sohn manchmal schwierig ist, und da wollte ich Ihnen etwas Gutes tun. Ein vorgezogenes Weihnachtsgeschenk sozusagen.“
„Danke, das ist ja sehr aufmerksam!“ Er freute sich offenbar wirklich. „Wir sehen uns gleich auf der Piste!“
„Ich freue mich, wenn Sie die Bretter nutzen“, sagte ich und mühte mir ein freundliches Lächeln ab.
Am nächsten Tag war Springen angesagt. Maik und ich sowie zwei seiner Freunde, die ebenfalls in Ungnade fallen waren, hatten dafür drei Minischanzen aufbauen müssen, die etwa einen Meter hoch waren.
Herr Berber hatte die neuen Ski angeschnallt und wollte den Schülern zeigen, was er von ihnen erwartete. Er fuhr an, machte Tempo – und sprang. Beim Aufprall knallte es, dann flogen die Skispitzen ab, Herr Berber überschlug sich dreimal, wickelte sich um eine kleine Tanne – die sich ganz wunderbar als Weihnachtsbaum geeignet hätte – und blieb liegen.
Er wurde einen Tag vor Weihnachten zu den Klängen von *O Tannenbaum* beigesetzt. Ich fand es nett von Maik, dass er mitsang.

O Tannenbaum

Ich konnte Herrn Berber noch nie leiden. Er war der Lehrer unseres Sohnes Maik, der übrigens ein ganz entzückender Bursche ist, wenn ich das als stolze Mutter mal so sagen darf. Leider sah Herr Berber das ein bisschen anders und rief ständig bei uns an, um sich zu beschweren. Bloß weil Maik sich stark individuell entwickelte.

„Wir wollen in der Adventszeit eine kleine Skifreizeit machen“, sagte Herr Berber beim Elternabend. „Nur haben wir ja mit Maik einen regelrechten Störenfried, von daher wünsche ich, dass Frau Meyer uns als Mutter begleitet.“

Ein scharfer Blick streifte mich, ich stimmte zu. Jemand musste meinen Maik schließlich vor diesem Lehrer beschützen.

Schon am ersten Abend versuchte Herr Berber mit ein paar Kerzen, weihnachtliche Stimmung in der Skihütte zu verbreiten. Weil unser Maik aber an Weihnachten nur gut fand, dass man Geschenke bekam – ich meine, das ist ja sein gutes Recht –, hing der Haussegen schnell schief, denn er weigerte sich, *O Tannenbaum* mitzusingen.

Herr Berber war äußerst unfair zu meinem Kind, und als er sich dann am nächsten Tag auch noch kritisch über die mangelnde Geschicklichkeit Maiks auf diesen dünnen Brettern äußerte, schwor ich Rache. Es war zwar nicht so, dass es Maik besonders viel ausmachte, aber als Mutter konnte ich diese Demütigungen und das Gemecker nicht länger ertragen.

Kurzum erwarb ich im Skiladen um die Ecke ein paar ältere Ski. Ich sägte sie unauffällig an, verpackte sie dann aber hübsch in mit Tannenzweigen geschmücktes Papier und klopfte an die Zimmertür von Herrn Berber.

DIE WEIHNACHTSRATTE

Jeder, der Geschwister hat, kennt das Drama. Ich rede von den leeren Adventskalendertürchen. Von denen, die nach dem Schokodiebstahl wieder geschickt zugeklebt werden, damit man das Desaster nicht schon vorher erkennt. Im Nachhinein will es ohnehin keiner gewesen sein.

„Das war eine Maus. Oder so", behauptet Jonas, mein großer Bruder Jahr für Jahr. „Die kommt immer um diese Zeit aus ihrem Loch – och." Er findet den Reim witzig.

Als ich klein war, habe ich ihm sogar geglaubt, dass es die Maus war. Aber jetzt? Immerhin bin ich schon sechzehn und sitze nicht mehr jeder Lüge auf.

Nachdem ich nun bereits im zehnten Jahr in Folge am Heiligen Abend auf mein großes Stück Weihnachtsschokolade verzichten muss, keimt in mir ein ungutes Gefühl auf. So ein heftiges Schlagen der Halsvene. Bauchschmerzen. Luftnot. Vor allem, weil ich Jonas zwei Tage zuvor mit einem dicken Schokomund herumlaufen gesehen habe und weiß, dass seine Kalendertürchen nirgendwo Klebestellen aufweisen.

Ich will mir das nicht mehr gefallen lassen und beschließe, ihm einen Denkzettel zu verpassen.

Als Erstes kommt mir in den Sinn, auch seinen Kalender zu plündern, aber das reicht nicht als Strafe für die zehn Jahre Demütigung, und noch dazu wäre es kindisch. Da ich ein friedliebender Mensch bin, stelle ich Jonas zunächst einmal zur Rede. Ohne Erfolg, denn ich ernte nur ein gehässiges Grinsen. „Ach komm! Du kennst die Lösung. Es war die Maus", sagt er. „Oder doch die Weihnachtsratte?"

Jonas ist also unbelehrbar. Hätte ich einen Hahnenkamm, so wäre der jetzt immens angeschwollen.
Jonas hat damit seine letzte Chance verwirkt – und mich auf eine wunderbare Idee gebracht, wie ich den zehnjährigen Diebstahl der Weihnachtsschokolade rächen kann. Eigentlich ist es eine logische Konsequenz aus dem, was Jonas mir vorgebetet hat: Ratten, die Adventskalender plündern, müssen weg. Zumindest für den Weihnachtsabend. Mir bleibt nun ein ganzes Jahr Zeit für die Planung, und an Omas Schlaftropfen zu kommen, ist schließlich nicht schwer.
Als Jonas im nächsten Jahr heimlich die große Tür der Nummer 24 öffnet, wird ihm das zum Verhängnis. Ich präpariere die Schokolade mit einer Spritze und er findet den leicht bitteren Geschmack äußerst lecker.
Diesmal kann ich wenigstens den Heiligen Abend voll und ganz genießen. Jonas schläft den Schlaf der Weihnachtsratte, die sich den Bauch zu vollgeschlagen hat. Das – oder Schlimmeres – wird ihm jetzt jedes Jahr blühen, wenn er seinen Schoko-Beutezug fortsetzt. Ratten muss man eben bekämpfen, schließlich richten solche Nager immense Schäden an …

10
NORTH POLE
24
22
18
6
19
21
MAS

9

Selma stellt am nächsten Tag drei neue Behälter mit dem frischen Gebäck auf ihren Schreibtisch, geht in die Küche und kocht Kaffee. Als sie zurückkommt, ist schon wieder ein Großteil der Kekse verschwunden. Und wieder ertappt sie Reinhold dabei, wie er eine Tüte in seinem Aktenkoffer verschwinden lässt.

Na warte, denkt Selma. Ich backe mir hier einen Wolf und du sahnst nur ab! Noch einmal kommst du mir nicht so davon.

Bevor sie nach Hause geht, macht sie einen kleinen Schlenker zur Apotheke. Sie wird den nächsten Schwung Biskuits ausschließlich für Reinhold backen. Mit ein paar feinen neuen Zutaten. Da das Abführmittel wunderbar süß schmeckt, wird es nicht auffallen. Vorsichtshalber gibt sie die ganze Flasche in den Teig.

Diese neue wunderbare Mischung stellt Selma Reinhold gleich auf seinen Tisch. „Extra nur für dich, weil du doch so viele benötigst und du sagst, es tut deinem Herzen gut, wenn du viele leckere Kekse futterst."

Er bedankt sich nicht einmal, sondern packt gleich die ganze Dose ein.

Am nächsten Morgen erscheint Reinhold nicht zur Arbeit – und danach auch nie wieder.

„Er hatte einen Herzstillstand, weil er zu viel Abführmittel eingenommen hat", erklärt der Chef den Mitarbeitern. „Den Elektrolytmangel hat sein schwaches Herz nicht verkraftet. Reinhold lebt allein, jede Hilfe kam zu spät."

Selma zuckt mit den Schultern. Das war jetzt natürlich ein bisschen dumm gelaufen … aber wenigstens reichen die Kekse jetzt wieder für alle.

Selma backt

Selma backt für ihr Leben gern. Und zwar nicht nur für die Familie, nein auch für alle Kollegen in der Firma. Und jedes Jahr freut sich die Belegschaft sehr darauf, dass sie zu Weihnachten ihre selbst gebackenen Kekse für alle mitbringt.

Zimtsterne, Omas Spritzgebäck, Adventsschnitten, Pfefferkuchen nach schwedischer Art. Und ganz besonders gut schmecken allen die fantastischen Biskuitkekse, die sie auch für ihr hausgemachtes Tiramisu verwendet. Ihr Repertoire ist unerschöpflich und Selma ist zudem sehr kreativ. Sie probiert ständig neue Rezepte aus.

„Fünf volle Dosen!“, sagt sie stolz und stellt sie auf den Tisch. Dazu kocht sie Kaffee und freut sich, dass es allen schmeckt. Die Plätzchen sind in diesem Jahr allerdings so rasch weggefuttert, dass es nicht mit rechten Dingen zugehen kann. Wer verdrückt solche Mengen in so kurzer Zeit? Oder hat sich jemand erdreistet und welche für zu Hause eingesteckt?

Tatsächlich sieht Selma, wie Reinhold eine große Tüte in seinem Aktenkoffer verschwinden lässt.

„Du bringst doch sicher morgen wieder neue Kekse mit, oder?“, fragte er. „Und bitte den Biskuit. Die sind perfekt für mein schwaches Herz.“ Er wirkt keine Spur verlegen. „Ich brauche welche für meine Weihnachtsfeier heute Abend.“

Selma weiß erst gar nicht, was sie tun soll, wagt aber nicht, Reinhold Einhalt zu gebieten, und stellt sich schließlich ein weiteres Mal in die Küche. Sie backt und backt und backt. So lange, bis alle Dosen gefüllt sind.

20
13
2
10
23
15
5
24
7
14
16
12
4
MERRY

12

Die erste Runde ging flott, und ich war froh, dass Rieke gleich verschwinden würde.
Aber dann flötete Amrei: „Danke, liebes Christkind! Ich lade dich ein, den Rest des Abends bei uns zu bleiben."
Mir stockte der Atem. Es folgte Runde zwei. Bei einer Eins wurde das Paket einen Platz weiter nach rechts geschoben, bei einer Sechs durfte man tauschen. Immer wieder schielte ich auf mein Tulpenpaket und fürchtete Riekes Reaktion.
Ihr würde klar sein, dass ich die Blumen noch nie als leuchtende Dekoration genutzt hatte und sie als Schrott empfand.
Nach *Ihr Kinderlein kommet* war es so weit. Die Tulpen lagen direkt vor Herbi, Riekes Ex-Lover. Er war fremdgegangen, sie hatte ihm den Laufpass gegeben und sich bei mir ausgeheult, natürlich ohne zu wissen, dass ich diejenige war, die er gewärmt und beglückt hatte.

(Fortsetzung folgt)

WEIHNACHTLICHES TULPENLEUCHTEN – TEIL 1

Dieses Jahr war auf der Betriebsweihnachtsfeier Schrottwichteln angesagt. Dazu sollten alle ein völlig überflüssiges Geschenk mitbringen, hübsch verpackt. Viel Schrott gab es bei mir nicht. Am Ende fielen mir nur die Leuchttulpen von Rieke ein. Ich hatte ihr Glimmen nie ausprobiert, weil ich allein die Vorstellung davon als Beleidigung für meine Augen empfand, und deshalb waren die Tulpen noch immer originalverpackt.

Als ich ankam, verteilte Amrei die Texte der Weihnachtslieder, und kaum hatte ich mich gesetzt, trat ausgerechnet Rieke mit einem breiten Lächeln in den Raum. Sie wurde von einem hauchdünnen Organza-Gewand umhüllt und in ihrem blonden Haar klebten winzige Sternchen.

„Rieke ist heute unser Christkind!“, rief Amrei aus. Sie kannten sich aus dem Kirchenchor und ich … ich kannte Rieke auch. Leider.

Noch war ich ganz entspannt. Bis wir alle auspackten, würde unser Christkind längst wieder gen Himmel geschwebt sein.

Alle stopften nun ihre Schrottwichtelpakete in den Jutesack. Amrei erklärte uns die Spielregeln. „Jeder, der eine Sechs gewürfelt hat, darf einmal in den Christkindsack greifen und sich ein Geschenk nehmen. Aber nicht auspacken.“

13

Herbi, der schon reichlich Punsch intus hatte, wankte mit dem Plastiktulpenstrauß zur Steckdose und versenkte die Kontakte. Es knallte, Funken sprühten, die Schreie der anderen schraubten sich in meinen Gehörgang, und ich begriff zunächst nicht, was passiert war. Dann erkannte ich Herbi, der merkwürdig verkrümmt auf dem Boden lag. Er war mausetot.

Die Leuchttulpen waren daneben zu einer undefinierbaren Masse zusammengeschmolzen.

Irgendwann erschien die Polizei. Die Beamten sprachen kurz mit Rieke und kamen dann zu mir. Sprachen von Manipulation, um meinem Ex-Lover zu schaden.

Ich versuchte, alles zu erklären. Es war zwecklos. Mir blieben die Worte im Hals stecken, als ich begriff, was Rieke eigentlich vorgehabt hatte. Sie musste gewusst haben, dass Herbi und ich …

Ich sollte sterben!

Mein Einfall, die Tulpen zum Schrottwichteln mitzubringen, hatte ihr nun aber die Möglichkeit gegeben, sich gleichzeitig an Herbi und an mir zu rächen. Er war tot und ich hinter Gittern.

Ich senkte den Kopf: Man muss einsehen, wann man verloren hat …

WEIHNACHTLICHES TULPENLEUCHTEN – TEIL 2

Riekes Blick wurde kühl, als Sanna schließlich die Tulpen auspackte. Sie erkannte sie sofort, aber ihr Mund lächelte weiter. Plötzlich beugte sie sich zu mir: „Du bist doch auch dafür, dass wir noch einmal tauschen, oder?“
Ich zuckte ratlos mit den Schultern.
„Ich als Christkind schlage vor, das Spiel noch einmal zu variieren. Jetzt schieben wir die Pakete noch drei Plätze nach rechts. Erst dann hat jeder, was ihm gebührt.“
Ich sah meine Plastiktulpen unaufhaltsam auf Herbi zuwandern und überlegte kurz, warum Rieke nicht die „Vier nach links“-Regel eingeführt hatte, denn dann hätte ich die Tulpen wieder mit nach Hause nehmen müssen. Na, mir sollte es recht sein.
Endlich war das Spiel vorbei. Herbi legte die Leuchttulpen achtlos an die Seite. Wir hatten uns nach der kurzen Affäre privat nicht mehr gesehen, denn so ein Wahnsinnsmann war er nun auch wieder nicht.
Jetzt sprach Rieke ihn direkt an. „Willst du die Tulpen nicht mal zum Leuchten bringen, Herbi? Bitte!“

14

„Soll ich dir einen Tee bringen?", fragt sie.
„Hör auf damit! Ich kann keinen Tee mehr sehen. Kannst du nicht noch mal Doktor Vollmer anrufen? Mir geht es kein bisschen besser als gestern, dabei hat er doch gesagt …" Er niest.
Sibylle macht unwillkürlich einen Schritt rückwärts. Am liebsten würde sie einfach jetzt gleich … aber vielleicht sollte sie ihm doch vorher noch einmal seine Medizin geben, möglicherweise schläft er dann ein. Das würde alles viel leichter machen.

Eine Stunde später sitzt Sibylle gemütlich bei einer Tasse Kaffee im Wohnzimmer und betrachtet ihr Werk. Die Axt lehnt neben ihr am Sofa, von der mag sie sich nicht so schnell wieder trennen.
„Sibylle, was hast du gemacht?"
Sibylle dreht sich um und lächelt ihren Mann an, der am Türrahmen lehnt. Ludwigs Gesicht ist aber auch zu drollig. Er kann es wohl gar nicht fassen, dass in diesem Jahr nicht er den Weihnachtsbaum geschlagen hat, sondern sie.
„Ist der nicht schön?", fragt sie. „Ich glaube, du kannst mir in Zukunft mehr zutrauen!"
Sie nimmt die Axt zur Hand und fährt mit dem Finger vorsichtig über die Schneide.
„Eine ganze Menge mehr!"

DIE AXT

Ah, hier! Endlich! Sibylle zieht die Axt hinter dem Kellerregal hervor. Wie ist sie da nur hingeraten? Sicher hat Ludwig sie versteckt. Ob er etwas ahnt?

Vorsichtig fährt Sibylle mit dem Finger über die Schneide der Klinge. Mhm. Besonders scharf fühlt sie sich nicht an. Da muss sie wohl mit viel Schwung zuschlagen.

Oder könnte der Wetzstein aus der Küche helfen? Sie hat sich noch nie überlegt, wie man eine Axt schärft.

Jetzt ist aber erst einmal wichtig, die Axt im Garten zu verstecken, damit sie das Gerät parat hat, wenn sie es braucht. Ob sie das überhaupt hinkriegt? Zwar hat ihr Vater sie als Kind schon Holz für den Kaminofen hacken lassen, aber es ist natürlich etwas anderes, ein Scheitholz auf dem Hackklotz zu spalten als …

„Sibylle! Wo steckst du denn?“

Ludwigs Stimme klingt schon wieder so gereizt. Mist, wenn er in dieser Stimmung ist, ist nicht mit ihm zu reden. Dann ist er entweder auf Jammern gepolt oder auf Vorwürfe. Nein, so hat sie sich die friedliche Adventszeit nicht vorgestellt.

Überhaupt, einiges muss anders werden. Und das wird es auch. Sie hat ja einen Plan. Und jetzt auch die Axt.

„Sibylle!“

„Ich komme!“, ruft sie schnell und lässt die Axt vorläufig hinter dem alten, zusammengerollten Wohnzimmerteppich verschwinden. Jetzt muss sie erst mal nach ihrem kranken Mann sehen.

15

Dabei war es nur ein monotones Absingen der vorhandenen Noten und viele lagen völlig daneben. Vor allem Udo! Er war und blieb eine Katastrophe. Und er hatte nichts Besseres zu tun, als Manfred auch noch freundlich provozierend anzulächeln.
Während der Chorprobe hatte sich Manfred noch im Griff. Aber danach! Einmal stopfte er sich vor Wut eine Handvoll Plätzchen in den Mund und erstickte beinahe an den Krümeln. Aber auch der angenehm leichte Zimtgeschmack täuschte nicht darüber hinweg, dass er diese falschen Töne in der wunderbaren Weihnachtsmusik nicht mehr länger ertragen konnte. Er musste mit Udo reden!
Sein alter Freund zeigte sich unerwartet einsichtig. „Ich habe geübt und dir Gesangsspuren aufgenommen. Es ist schon viel besser geworden. Ich gebe mir solche Mühe! Hör es dir gleich auf der Rückfahrt an! Du wirst überrascht sein."
Manfred war in der Tat neugierig. Das *Alle Jahre wieder* war tatsächlich nicht ganz so schlimm wie erwartet. Und auch *Ihr Kinderlein kommet* war gerade noch akzeptabel.
Dann aber schallte *Vom Himmel hoch* durch den Innenraum seines Wagens. Udo hatte das erwartete C gegen einen undefinierbaren Ton ersetzt. Mit schmerzverzerrtem Gesicht hielt Manfred sich beide Ohren zu. Dabei verlor er allerdings die Gewalt über sein Fahrzeug. Es geriet ins Schlingern, raste auf den Graben zu und überschlug sich.
Er hörte Udos lautes Lachen und dann
noch einmal diesen furchtbar schrägen Ton.
Seine letzten Gedanken waren:
Das. War. Kein. Richtiges. C.

FALSCHE TÖNE

Manfred war Musiker durch und durch. Jeder falsche Ton brachte ihn zur Weißglut. Ganz schlimm war es bei Weihnachtsliedern, weil er die von Kindesbeinen an liebte. Eine exakte Intonation erachtete er gerade bei ihnen als äußerst wichtig. Er ging jedes Mal durch die Hölle, wenn jemand bei *Kling Glöckchen* oder anderen bekannten Weihnachtsliedern den Ton nicht traf. Deshalb hatte er auch große Probleme mit seinem Chor. Die Teilnehmer schätzten es nicht besonders, wenn er mit dem Taktstock um sich warf oder auf dem Tisch herumschlug.

Am schlimmsten war Udo, sein alter Sandkastenfreund. Manchmal beschlich Manfred das Gefühl, dass Udo ihn absichtlich mit seiner mangelnden Begabung quälte. Denn sie waren genau genommen schon lange keine Freunde mehr. Nicht mehr, seit Manfred Udo die Frau ausgespannt hatte. Trotzdem versuchte er, sich einigermaßen gut mit ihm zu stellen. Eine langjährige Verbundenheit durfte man trotz allem schließlich nicht einfach so wegwerfen. Und schon gar nicht wegen einer Frau, die schließlich auch nicht bei ihm geblieben war.

„Manfred“, sagte er laut zu sich selbst. „Du musst entspannter sein! Auch, wenn Udo singt!“

Nun begann die Vorweihnachtszeit und seine Vorsätze wurden schnell auf den Prüfstand gestellt. Manfred war guten Mutes, die Proben ohne Ausraster zu überstehen. Doch schon bei den ersten Einsingübungen klingelte jeder falsche Ton in seinen Ohren, quietschte und ließ ihn regelrecht ausflippen. Die Sängerinnen und Sänger waren sich jedoch keiner Schuld bewusst, denn sie fanden ihre Intonation von *Alle Jahre wieder* regelrecht genial.

51
49
53
WPD
Ihr Weihnachtspaketdien
No. 4

16

Am nächsten Morgen ist tatsächlich in dem Einfamilienhaus mit der Nummer 49 keiner zu Hause. Mit zitternden Fingern klingelt Daniel bei den Nachbarn, um wenigstens das Paket pflichtgemäß abzugeben.

„Niemand da?“, wundert sich die ältere Frau, die öffnet, und quittiert den Empfang. Sie lächelt Daniel zu und ruft dann plötzlich über seine Schulter: „Hallo, Herr Kommissar, ich hab gerade was für Sie angenommen!“

Daniel rutscht fast das Herz in die Hose, als der große, kräftige Mann mit einer Brötchentüte in der Hand auf ihn zukommt.

„Ähm, ja. Bitte.“ Er reicht dem Hünen das Paket und nimmt all seinen Mut zusammen. „Sind Sie wirklich ein richtiger Kommissar? Von der Polizei?“ Seine Stimme wackelt.

Der Mann nickt und mustert ihn. „Haben Sie was ausgefressen? Etwa Pakete unterschlagen?“, fragt er, dann beginnt er zu lachen. „Na, nun machen Sie kein so entsetztes Gesicht. Das war ein Witz.“

„Ähm, ja. Also guten Appetit“, wünscht Daniel mit einem Blick auf die Brötchentüte des Kommissars.

„Danke, den hab ich. Schönen Tag noch!“ Mit einem freundlichen Nicken verschwindet der Mann in seinem Haus.

Daniel atmet einmal tief ein und aus. Dann schickt er Manni einen Tannenbaum mit der 49.

Er möchte sich wirklich gerne weiter wie der Weihnachtsmann fühlen und Leute glücklich machen. Zum Beispiel diesen netten Kommissar. Der freut sich sicher, wenn er noch vor dem Fest einen Einbrecher auf frischer Tat ertappt.

DER NEUE JOB

Daniel weiß, dass er etwas ändern muss. Er braucht Arbeit. Immer dieses Herumliegen auf der faulen Haut ist nicht das Richtige.

„Komm, du kannst bei unserem Paketdienst einsteigen“, sagt Manni und klopft ihm auf die Schulter. „Während des Weihnachtsgeschäfts brauchen wir Leute. Du glaubst gar nicht, was für einen Mist die Menschen im Internet bestellen! Gartenbänke, Fernseher, kistenweise Wein … Muss alles ausgeliefert werden.“

Daniel ist froh, dass er gleich anfangen kann. Und irgendwie macht es ihm auch Spaß. Es ist zwar anstrengend, die vielen Pakete pünktlich auszuliefern, aber die Arbeit ist sehr wichtig, schließlich sind bestimmt viele Kartons voll mit Geschenken, die am Heiligen Abend unter dem Baum liegen sollen. Ein bisschen kommt er sich vor wie der Weihnachtsmann.

„So, nun kennst du dich aus“, sagt Manni nach der ersten Woche. „Jetzt geht es ans Geldverdienen.“

Erst versteht Daniel nicht, aber mit jedem weiteren Satz seines Kollegen begreift er besser, was Sache ist.

„Du klingelst. Ist keiner daheim, schickst du mir einen Tannenbaum mit der Hausnummer. Ich steig da ein und räum aus, was ich an Geld und Schmuck finde“, erklärt Manni.

„Das ist doch kriminell“, stottert Daniel.

„Das ist nicht kriminell, das ist lukrativ!“, berichtigt Manni ihn. „Du kriegst die Hälfte.“

„Aber es ist bald Weihnachten“, wendet Daniel ein. „Du verdirbst ihnen das Fest!“

Manni winkt nur ab.

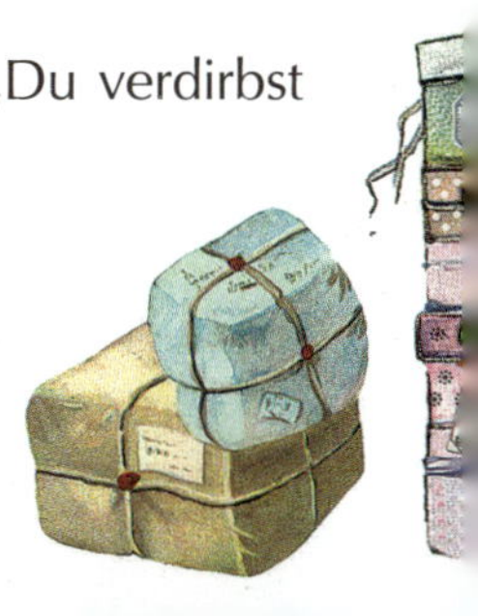

TANNENBÄ

17

Max machte sich entschlossen auf den Weg. Sein Herz klopfte bis zum Hals, als er sich dem Laden näherte.
Er war so in Gedanken versunken, dass er den großen LKW nicht bemerkte, der von hinten angebraust kam. Im letzten Moment konnte er ausweichen, wurde allerdings pitschnass, weil der Laster durch eine Pfütze raste.
Es knallte neben Max und ein Ast peitschte ihm ins Gesicht.
Als er sich von seinem Schrecken erholt hatte, lag neben ihm auf dem Boden eine Tanne. Der LKW bog eben um die Ecke. Der Fahrer hatte nicht bemerkt, was ihm von der Kippe gefallen war.
Erstaunt griff Max nach dem Bäumchen. Es war ein wunderschön gewachsenes Exemplar und in genau der Größe, die er sich gewünscht hatte. Er sandte einen dankbaren Blick zum Himmel. Das Christkind wollte wohl nicht, dass er kriminell wurde …

MAX STIEHLT EINEN BAUM

Dieses Jahr hatten Max und Sina kein Geld für eine Tanne. Erst das kaputte Auto, dann die Gastherme. Sina hing aber so an dem Fest und wünschte sich nichts sehnlicher, als dass sie es doch irgendwie hinbekommen würden, einen Weihnachtsbaum aufzustellen.

Weil Max nicht mehr mit ansehen konnte, wie traurig Sina war, beschloss er, zum ersten Mal in seinem Leben eine Straftat zu begehen. Er wollte einen Baum stehlen!

Wie konnte er das anstellen? Seine erste Idee war, einfach in den Wald zu gehen und heimlich selbst eine Tanne oder Fichte zu schlagen. Doch es würde schwierig werden, den Baum aus dem Wald heraus und dann nach Hause zu schleppen, sodass er sich anders entschied.

Zwei Tage lang spionierte Max verschiedene Händler aus. Leider überkam ihn das schlechte Gewissen. Wenn er einen Privathändler bestahl, fehlte dem doch wieder das Geld in der Weihnachtskasse! Max war nicht geübt darin, kriminell zu sein. Also überlegte er sich erneut eine andere Strategie. Er würde den Baum aus einem Baumarkt entwenden, die waren versichert und er würde keinen so großen Schaden anrichten.

Endlich hatte er den passenden Markt gefunden, nur war das Angebot an Weihnachtsbäumen inzwischen so arg reduziert, dass nichts wirklich Schönes mehr dabei war. Weil Sina aber immer trauriger wurde, musste er sich schnellstens kümmern und vielleicht doch mit der zweiten Wahl vorliebnehmen. Hauptsache, sie hatten am Ende eine kleine Tanne, an die sie ihre Lichterketten und den Baumschmuck hängen konnten.

G

18

Na warte, dachte ich. So einfach wirst du mir nicht davonkommen!
Um ihn möglichst bis zum Schluss in Sicherheit zu wiegen, spielte ich die Vorfreude auf die Reise mit, und endlich, kurz vor dem dritten Advent, war es so weit.
Ich drängte darauf, möglichst früh zum Flughafen zu fahren, weidete mich an der unglaublichen Nervosität meines Gatten, was er auf seine zahlreichen Medikamente schob. Er war schließlich Frührentner und hatte neuerdings mit diversen Zipperlein zu kämpfen. Aber als Apothekerin saß ich an der Quelle und so war er stets gut versorgt.
Wir checkten ein und tranken noch einen Kaffee. Vor Nervosität rannte Martin ständig auf die Toilette, vermutlich auch, um sich mit der Langbeinigen abzustimmen. Gut für mich. Ich hatte die Herztabletten wunderbar gemörsert und konnte sie nun in den ohnehin sehr bitteren Kaffee einrühren. Ich hatte zudem noch ein paar Mittelchen untergemischt, um seine Leber und die Nieren zu schwächen. Eben was mir so untergekommen war und sich pulverisieren ließ. Das ist heutzutage gar nicht mehr so einfach!
Dann folgte das Boarding. Kaum hatte ich den Flieger betreten, drehte Martin um. „Ich muss noch einmal zurück!", rief er hektisch.
Ich nickte nur und setzte mich auf meinen Fensterplatz. Ich sah auf die Uhr. Die Wirkung würde gleich einsetzen. Weit würde er nicht kommen.

Weihnachtsstreik

Dieses Jahr würde es kein klassisches Weihnachtsfest für uns geben. Das war beschlossene Sache. Martin und ich wehrten uns schon länger gegen den Geschenkekonsum, der mit dem Fest einherging, und so traten wir in den Weihnachtsstreik.

„Wir fliegen nach Afrika", sagte er. „Die Löwen feiern kein Weihnachten."

Somit war es beschlossene Sache.

Ich freute mich darauf, plante die eine oder andere Safari, dachte an Giraffen, Zebras und andere Wildtiere, die wir bald aus nächster Nähe beobachten konnten. Das war viel besser als dieses *Jingle Bells* in den überfüllten Kaufhäusern und attraktiver, als sich mit der nervigen Adventsbeleuchtung herumzuschlagen.

Am zweiten Advent begann ich zu packen. Und entdeckte etwas, das ich wohl eigentlich nicht hätte entdecken sollen. Ich wollte nur kontrollieren, ob Martin auch alle Papiere zusammengesucht hatte, als mir aus seiner Brieftasche ein Foto entgegenfiel: Martin zusammen mit einer langbeinigen Frau im schicken roten Jumpsuit. Vorsichtig drehte ich das Bild um.

Ich freue mich aufs Weihnachtsfest. Sieh zu, dass du rasch zu mir kommst, wenn sie erst im Flieger sitzt.

Ich beobachtete Martin danach sehr genau und hätte gerne gewusst, wie er heimlich aus dem Flieger verschwinden wollte, wenn es erst so weit war. Er wirkte zunehmend nervös, je näher unser Abflug kam. Noch ließ ich mir nichts anmerken, hoffte immer noch, es wäre nur ein böses Missverständnis. Leider musste ich einen Tag vor unserer Reise zufällig mit anhören, wie Martin Liebesschwüre in sein Handy säuselte, als er sich unbeobachtet fühlte.

19

„Tante Suse macht doofe Geschenke", sagte Timmi.
Ich versprach ihm, dass er nie wieder dorthin musste. Und das „nie wieder" meinte ich verdammt ernst.
Timmi litt sehr unter ihren Merkwürdigkeiten. Deshalb fand ich es nur gerecht, den Spieß mal umzudrehen. Ich hatte ein Jahr lang Zeit. Bis zum nächsten Fest.
Tante Suse konnte zwar wunderbar backen, und sie war ein Genie, wenn es um die Deko in ihrem Haus ging. Es gab aber etwas, da hatte sie zwei linke Hände: Sie war völlig unfähig, Möbel zusammenzubauen.
Der kleine Timmi brauchte aber zufällig dringend einen neuen Schreibtisch – hübsch übers Eck gebaut mit Rundung an der Frontseite und mit Aufsatz. Den sollte er zu Weihnachten bekommen und Tante Suse wollte sich daran beteiligen.
Als sie am Heiligen Abend bei uns in der Tür stand, strahlte ich sie an. „Du kannst schon mal ins Kinderzimmer gehen. Da steht Timmis Geschenk."
„Ach, wie schön, den Schreibtisch wollte ich mir ohnehin ansehen." Freudestrahlend huschte sie in den Raum.
Ich schloss hinter ihr ab. Neben dem Karton lagen ein Inbusschlüssel und ein Akkuschrauber. Die Anleitungen hatte ich vorsichtshalber entfernt. Damit sie etwas vom Fest hatte, war ich so freundlich, ihr den Gänsebraten und den Bratapfel in einer Wärmebox zur Seite zu stellen.
Was soll ich sagen? Tante Suse hat das komplette Fest über geschraubt und geschraubt, und wenn sie nicht gestorben ist, dann tut sie das noch immer. Auch Tanten müssen schließlich beschäftigt werden …

DIE TANTE MUSS WEG

Es gibt Tanten, die braucht man einfach nicht. Jedes Mal, wenn Weihnachten nahte, hatte Tante Suse eine besonders eigenartige Idee für unseren Junior Timmi. Er war gerade fünf Jahre alt und mit was kam sie an? Mit komplizierten Lego-Bausätzen für Kinder ab zwölf Jahren. Wir saßen dann stundenlang am Boden und steckten die Bausteine ineinander, bis die verschiedenen Monsterroboter fertig waren.

In diesem Jahr war Tante Suse zum Glück am Heiligen Abend nicht da, hatte aber versprochen, Timmi am 1. Weihnachtstag zu sich zu holen. Dort wollte sie ihm sein diesjähriges Geschenk überreichen. Er hatte sich ein Puzzle gewünscht. Ich dachte an etwas Kindgerechtes. Mit großen Teilen.

„Ich habe ein ganz wunderbares erstanden. Mit Tieren drauf." Suse war ganz begeistert.

Gut, dachte ich, wenn Tiere drauf sind, dürfte es ja altersgemäß sein. Mein Gedankenfehler wurde deutlich, als ich unseren Sohn am Abend abholte. Er kam mir nicht, wie ich es von ihm kannte, entgegengelaufen. Nein, er saß im Wohnzimmer auf dem Fußboden – vor ihm ein Berg von winzigen Puzzleteilen, die er lustlos hin und her schob.

„Ich dachte, ich kaufe mal ein Puzzle, von dem er länger etwas hat!", erklärte Suse. „Kinder müssen schließlich beschäftigt werden."

„Wie viele Teile sind es?", fragte ich konsterniert.

„Nur 2000", sagte sie. „Ich finde, Timmi sollte erst gehen dürfen, wenn er wenigstens einen Teil geschafft hat. Er muss auch mal etwas zu Ende bringen."

Am liebsten hätte ich Tante Suses Tannenbaum umgeworfen. Stattdessen schnappte ich mir Timmi, schwor innerlich Rache und fuhr, so schnell es ging, nach Hause.

20

„Ob wir im nächsten Jahr wieder einen Baummord begehen sollten, weiß ich nicht", sagte sie. „Es ist ja wahr, dass man ihn schmückt, damit er sterben kann."
„Es ist kein Mord, die Tanne freut sich, dass sie so schick ist. Außerdem wird sie nur dafür gezüchtet", widersprach Marius.
Alidas Gewissen meldete sich immer heftiger, es wurde so schlimm, dass sie und Marius nur noch darüber stritten, ob sie nun Baummörder waren oder nicht.
Der Weihnachtsbaum begann wie zum Trotz, pünktlich zum Fest zu nadeln. Marius stellte sofort Handfeger und Kehrblech unter dem Baum bereit.
„Wir sollten Buße tun und uns bei der armen Kreatur, der wir wegen unseres egoistischen Festes das Leben genommen haben, entschuldigen", sagte Alida.
„Ich bin mir keiner Schuld bewusst und werde auch nächstes Jahr einen Baum aufstellen", sagte Marius selbstbewusst. Er bückte sich unter den Tisch, weil er ein paar Nadeln auffegen wollte.
Alida war entsetzt. „Du willst wirklich weiter morden?"
„Klar!" Marius tauchte auf, stieß dabei allerdings heftig mit dem Kopf gegen das Tischchen. Der Baum wankte, kippte schließlich um und der metallene Weihnachtsbaumständer krachte mit einem dumpfen Knall gegen Marius' Hinterkopf. Er war sofort tot.
Alida schob die Zweige von seinem Gesicht und blickte nachdenklich zwischen dem Baum und ihrem Mann hin und her. Der Baum hatte sich auf seine Weise gerächt.
War das jetzt auch Mord?

IST ES MORD?

Marius war in diesem Jahr unglaublich stolz auf seinen Weihnachtsbaum, den er schon Mitte Dezember auf einem kleinen Tisch in seinem Metallständer aufgestellt hatte. Er postete ihn in sämtlichen sozialen Netzwerken. Zusammen mit seiner Frau Alida hatte er im Zuge der Nachhaltigkeit wunderbaren Schmuck aus Stroh gebastelt und damit die Zweige behängt.

„Ihr seid Mörder, die einem Lebewesen beim Sterben zusehen“, konnte Marius plötzlich in seiner Lieblingscommunity lesen.

„Wir sind Mörder, weil wir einen Tannenbaum haben?“, fragte er fassungslos.

Alida nickte und gab sich zunächst auch empört. „Ha, ha, ha. Dann sind alle Tannenbaumbesitzer zusammen wohl Massenmörder!“

Sie überlegten gemeinsam, wie sie mit der Kritik umgehen sollten, denn das schlechte Gewissen meldete sich irgendwann doch ein wenig.

Marius begann, sich im Netz zu wehren, verteidigte seinen Wunsch nach heimeliger Weihnachtsatmosphäre. Doch die Kommentare der Anti-Tannenbaumfraktion wurden heftiger. Man beschimpfte die beiden massiv.

Alida begann schließlich, daran zu zweifeln, ob es wirklich richtig war, was sie taten. Sie goss das Bäumchen in seinem Ständer ein bisschen häufiger, streichelte die Nadeln mit ihren Fingerspitzen und einmal küsste sie heimlich einen Zweig der Tanne. Und sie ertappte sich dabei, wie sie dem Baum eine Entschuldigung für sein vorzeitiges Ableben zuflüsterte.

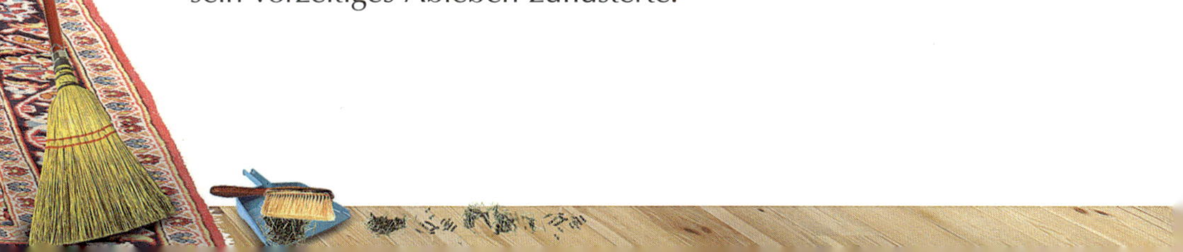

Gärtner
21

„Ach, wie schön, dass Sie vorbeischauen. Und – Sie haben mir etwas mitgebracht?“ Frau Schmidt klatscht vor Freude in die Hände wie ein kleines Mädchen, als sie den Keksteller sieht, den ich ihr überreiche. „Hat die etwa die Evi gebacken?“
Ich nicke, obwohl das nur die halbe Wahrheit ist. Frau Schmidt hat eine Schwäche für Evi.
„Dann kann ich es mir heute Abend ja richtig gemütlich machen!“, sagt Frau Schmidt.
„Kommt wieder Ihr Sohn mit seiner Familie?“
„Nein, das klappt in diesem Jahr nicht.“
„Ja, aber, Sie werden doch nicht ganz allein Weihnachten feiern wollen? Dann kommen Sie doch einfach zu uns. Wir essen um fünf und dann gibt’s Bescherung für Evi.“
Frau Schmidt nimmt die Einladung dankend an, aber wer die Tasche aus meinem Fahrradkorb geklaut hat, weiß sie auch nicht.
Pünktlich um zwei Minuten vor fünf steht Frau Schmidt vor der Wohnungstür. Sie ist nicht allein. Auf dem Arm trägt sie eine rothaarige Puppe.
„Ich hoffe, mein Kind darf mitkommen“, sagt sie. „Es ist jetzt aber müde, wir haben den ganzen Tag miteinander gespielt.“
Evis Augen sind kugelrund.
„Oh“, sagt Frau Schmidt zu ihr. „Mein Kind sieht ja aus wie du! Vielleicht sollte es besser dein Kind sein?“
Evi strahlt und schließt die Puppe zärtlich in ihre Arme.
„Und was gibt es zu essen?“, fragt Frau Schmidt.

DAS PUPPENKIND

„Hast du Evis neue Puppe reingeholt?“
Mein Mann blickt von seiner Zeitung auf. „Nein, wieso?“
„Sie ist weg.“
„Wie – weg? Und überhaupt, was für eine Puppe?“
„Die neue. Evis Weihnachtsgeschenk. Ich hab sie vorhin abgeholt und die Tasche im Fahrradkorb gelassen, bis ich die anderen Einkäufe reingebracht hatte. Jetzt ist sie weg.“
„Das gibt es doch nicht!“
Gibt es leider doch, wie sich nach unserer Suchaktion herausstellt. Weder habe ich gedankenverloren die bewusste Tasche mit ins Haus genommen, noch steht sie irgendwo in der Einfahrt oder auf dem Gehweg.
„Wer klaut denn eine Puppe?“, fragt mein Mann.
Ich kann ihm das nicht beantworten. Meine Gedanken rasen um ein ganz anderes Problem – heute ist Heiligabend und die Puppe ist Evis Herzenswunsch. Ich würde ja schnell noch mal losradeln und eine neue kaufen, aber Evi will unbedingt die Puppe, die die gleichen roten Haare hat wie sie selbst, und die musste extra bestellt werden. Rechtzeitig zum Fest heute Abend bekomme ich keinen Ersatz! Es gibt zwar noch andere Geschenke, aber… Ich lasse mich auf den Küchenstuhl sinken.
„Frag doch mal die alte Schmidt im Erdgeschoss, vielleicht hat die was gesehen. Obwohl, dann hätte sie das wahrscheinlich schon wieder vergessen.“
So schlecht ist der Vorschlag meines Mannes trotzdem nicht. Frau Schmidt schaut gerne aus dem Fenster und beobachtet, was draußen passiert. Und obwohl sie ein wenig dement ist, bekommt sie eine Menge mit. Einen Versuch ist es wert.

22

was einfallen würde, um dem Ganzen ein Ende zu bereiten. Irgendwas.

Leider kann es mir nicht gleichgültig sein, ob ich noch weitere furchtbare Dekorationsartikel von Tante Siri geschenkt bekomme und ob sie mir übel nimmt, wenn ich ihre Präsente nicht ausreichend würdige: Ich bin Alleinerbin und Tante Siri ist überaus vermögend. Für diesen Status muss man die Unannehmlichkeiten wohl in Kauf nehmen. Aber trotzdem brauche ich jetzt endlich mal eine Lösung. Sollte ich dieses Jahr eine weitere Scheußlichkeit erhalten, besteht die reelle Gefahr, dass ich ein Fall für den Seelendoktor werde, denn die glitzernden Rentiere haben mich im vergangenen Jahr an die Grenzen meiner Belastbarkeit gebracht. Sie blinken alle drei Minuten in einer anderen Farbe und danach stoßen sie den Rentierbrunftschrei aus. Dass der echt so klingt, musste ich auch erst im Internet nachsehen.

Vorhin hat Tante Siri angerufen und mir ihren eigenen Weihnachtswunsch mitgeteilt. „Dieses Jahr möchte ich einen richtigen Knaller! Lass dir was einfallen! Nicht wieder so langweilige selbst gebackene Kekse mit Zuckerguss. Aber schon etwas Selbstgemachtes!“

Das war die Idee!

Das kann sie haben. Etwas richtig Bombastisches. Damit kenne ich mich aus, immerhin hatte ich in Chemie eine Eins. Utensilien für den Bau einer kleinen Bombe habe ich schon bestellt. Natürlich wird sie nur in ihrem Garten in die Luft gehen. So wie ein lautes Feuerwerk! Ich will ja schließlich noch erben. Aber Tantchen wird den Schreck ihres Lebens bekommen! Eben den Knaller!

DAS SCHÖNSTE GESCHENK

Meine Tante Siri ist ein bisschen schwierig. Sie ist schon Mitte achtzig und freut sich jedes Jahr, mich mit einem einzigartigen Geschenk zu Weihnachten zu überraschen. Ich weiß, sie meint es gut, aber es fällt ihr schwer, meinen Geschmack zu treffen. Ist eben eine andere Generation.

Schon im Oktober geht sie auf die Pirsch, um wieder etwas Außergewöhnliches für mich auszusuchen. Ich bekomme dann per WhatsApp immer Bilder von der Fußgängerzone und den Geschenken, die sie nicht gekauft hat. Denn sie besteht auf der ultimativen Überraschung. Da die Präsente immer hässlicher werden, befürchte ich, dass sie mich absichtlich quält. Kein Mensch kann unter einer solchen Geschmacksverirrung leiden! Am liebsten würde ich es ihr mal so richtig heimzahlen.

Ich habe inzwischen ein Kabinett des Grauens zu Hause herumstehen, und da Tante Siri in der Weihnachtszeit gern ein paar Spontanbesuche macht, kann ich auch nichts wegschmeißen und muss in der Vorweihnachtszeit alles im Flur auf der Kommode aufbauen. Ein wahres Winter Wonderland!

Links befindet sich ein Häkel-Fliegenpilz auf grüner Wiese, auf der kleine Blümchen eingestickt sind. Gleich daneben liegen rosa Glitzerschweinchen. In der Mitte der Kommode habe ich die Weihnachtsmannleuchtbrille mit Bart platziert und schräg davor wärmt ein Weihnachtsmannflaschenwärmer eine kleine Schnapsflasche – bewacht von einem rosa Glitzerhirsch.

Ganz links steht noch eine Herde aus smaragdgrünen Rentieren, die von einem pinkfarbenen Weihnachtsstern angestrahlt wird.

Zitternd sehe ich jedem Besuch meiner Tante entgegen und hoffe, dass ich nichts vergessen habe. Wenn mir doch bloß irgend-

№23

Kommt der seit Neuestem über den Balkon statt durch den Kamin?, schießt es ihr kurz durch den Kopf.
Nein, sie glaubt schon seit Jahrzehnten nicht mehr an den Weihnachtsmann. Dafür aber an Einbrecher, die diese Verkleidung nutzen, um jetzt, so kurz vor dem Fest, nicht aufzufallen. Und ihre Beute im Sack unauffällig abzutransportieren. Eigentlich genial. Aber nicht mit ihr!
Der Weihnachtsmann ist fast oben. Er hebt den Kopf und starrt Carola direkt in die Augen. Aber nur einen Moment lang, denn dann hat sie zugeschlagen und er sackt auf der Strickleiter zusammen. Überraschenderweise fällt er nicht zu Boden, sondern bleibt mit einem Bein und einem Arm hängen.
Carola zögert kurz, dann eilt sie zurück in ihr Schlafzimmer und schließt die Balkontür. Sie zittert vor Kälte. Eigentlich sollte sie jetzt die Polizei rufen, aber zuerst muss sie wieder warm werden. Sie kocht sich daher gleich einmal einen richtig schönen Nervenberuhigungstee und trinkt den in kleinen Schlucken. Dann schlüpft sie in ihr Bett und stellt die Heizdecke an. Einen Moment später ist sie eingeschlafen.

„Guten Morgen“, grüßt die Nachbarin, als Carola am nächsten Morgen aus dem Haus tritt. „Ich sehe, Sie haben schon weihnachtlich dekoriert – und so witzig!“
Carola sieht an ihrem Haus empor. Mist, doch kein Traum! Da oben hängt der Weihnachtsmann-Einbrecher! Tatsächlich sieht er äußerst dekorativ aus. Und bei den augenblicklichen Minus-Temperaturen dürfte er sich wohl auch noch ein Weilchen halten.

MORGEN KOMMT DER WEIHNACHTSMANN

Es klirrt kaum vernehmbar auf dem Balkon vor ihrem Schlafzimmer, dann folgt eine Art Kratzen. Carola lauscht. Wenn sie nicht seit Ewigkeiten wach liegen würde, hätte sie nichts gehört, aber so? Sie weiß, dass sie nicht einschlafen wird, bevor sie nicht nachgeschaut hat.

Leise steht sie auf. Die Vorhänge sind nicht zugezogen, doch es ist ziemlich dunkel, weil die Straßenlaterne kaputt ist. Auf den ersten Blick ist nichts zu sehen. Doch dann hört sie wieder dieses leise Kratzen und ja – an der Balkonbrüstung ist etwas. Eine Art Haken, wie sie sie im Sommer für die Blumentöpfe verwendet.

Einbrecher!

Hat sie nicht gestern erst in der Zeitung gelesen, dass es in ihrem Stadtteil mehrere Einbrüche gegeben hat, bei denen die Täter wahrscheinlich mit einer Strickleiter oder einem Seil über den Balkon kamen?

Ihr Herz pocht bis in die Schläfen. Was nun?

Noch ist der Dieb nicht im zweiten Stock, noch kann sie ihn aufhalten!

Carola öffnet lautlos die Balkontür und greift nach ihrer Kegeltrophäe mit dem Marmorfuß, die auf der Fensterbank steht. Brr, ist das frostig draußen! Gut, dass sie ihren Flanellschlafanzug und die wollenen Bettsocken trägt.

Wieder kratzt es – der Haken scheint sich leicht zu bewegen. Jemand klettert tatsächlich zu ihr herauf!

Mit erhobener Trophäe tritt Carola an die Balkonbrüstung. Der Blick nach unten lässt sie zusammenzucken: ein Weihnachtsmann!

Nikolausabend
LILAC SWEETS
Palmer

24
Eine Nummer
Der Ausflug

„Nein, kein Soja. Und für Jürgen und dich gibt es sogar ein Fleischgericht. Lina isst nur noch vegan und ich bin inzwischen auch Vegetarierin."
Marions Augenbrauen erreichen fast ihren Haaransatz, als sie etwas von neuer Mode murmelt.
Doch natürlich ist sie neugierig und kommt wie immer frühzeitig in die Küche, um zu schauen, was Lina und ich zubereitet haben. Skeptisch beäugt sie die Vorspeisen: Hummus, Taboulé und Baba Ghanoush.
„Ich darf doch mal probieren", sagt sie, holt sich einen Löffel aus der Schublade und taucht ihn in den Hummus.
„Hm. Bisschen fad", kommentiert Marion. Wie immer. Sie liebt es, mir meinen mangelnden Geschmacksinn vorzuwerfen, indem sie nachwürzt.
„Vielleicht noch etwas Paprika?", frage ich und reiche ihr den Chilistreuer, bei dem ich das Etikett mit meinem Daumen verdecke.
Lina will etwas sagen, aber ein warnender Blick meinerseits verhindert das.
Marion würzt kräftig nach, dann probiert sie erneut, reißt Augen und Mund auf und fängt an zu hecheln.
„Milch – schnell!", ruft sie. Ihre Augen tränen.
Ich eile zum Kühlschrank und gieße ihr ein Glas Milch ein. In großen Zügen trinkt sie es aus. Dann greift sie sich an den Hals.
„Oh nein!", rufe ich. „Ich hab Linas Sojamilch erwischt!"
Marion röchelt.
„Lina, ruf den Notarzt!", brülle ich und hole mein Notfallset aus dem Küchenschrank. Ich flöße Marion die Medikamente ein und ramme den *Epi-Pen* in ihren Oberschenkel. Schließlich bin ich keine Mörderin. Aber diesen Heiligen Abend wird Marion nicht bei uns verbringen!

HEILIGABEND MIT MARION

Ich hatte in meinem Leben schon viel Glück. Nicht zuletzt mit meiner Schwiegermutter, die mich liebte und früh starb. Das hat mich allerdings nicht vor dem bewahrt, was man gemeinhin mit dem Begriff Schwiegermutter verbindet: unerwünschte Besuche, unangemessenes Einmischen in unser Leben – Sie kennen das. Denn da ist meine Schwägerin Marion, die älteste Schwester meines Mannes. Anfangs fühlte sich Jürgen von unserem Konkurrenzkampf um ihn geschmeichelt, aber inzwischen stöhnt auch er, wenn Weihnachten naht und Marion ankündigt, den Heiligen Abend bei uns zu verbringen. Doch sie auszuladen hat er auch in diesem Jahr nicht fertiggebracht.

„Ich hoffe, es gibt wieder mal eine richtige Gans mit Rotkohl und Klößen“, sind ihre ersten Worte, als sie das Haus betritt. „Das war immer Jürgens Lieblingsessen.“

„Viel besser“, sage ich. „Es gibt ein levantinisches Büfett! Hat Lina zusammengestellt“, füge ich schnell hinzu. „Die Rezepte hat sie aus Israel mitgebracht.“

Unsere Tochter Lina ist Marions Patenkind und somit kann sie nichts falsch machen. Dennoch runzelt Marion kurz die Stirn. „Ich hoffe, da ist dann nichts mit Soja drin.“

Kürzlich wurde bei Marion eine Soja-Allergie diagnostiziert. Wie mich das freut! Ich selbst bin nämlich seit meiner Kindheit mit Allergien geschlagen und höre von ihr seit Jahren, dass ich mir das nur einbilde. Natürlich gibt es bei ihr stets Nusskuchen oder Obstsalat mit rohen Äpfeln oder sonst etwas, bei dem ich dankend ablehnen muss.

„Ach Gottchen, an deine komische Allergie hab ich ja gar nicht gedacht!“, heißt es dann.

Mehl
Mehl
REIS
GRAUPEN
GRIES
NUDELN
TOPFLAPPEN

DAS WEIHNACHTSMENÜ

Dieses Drei-Gänge-Menü kann man wunderbar vorbereiten und muss dafür nicht den ganzen Abend in der Küche stehen.

Vorspeise:
Zucchini- Knoblauchsuppe mit Scampi

Hauptgericht:
Gefüllte Truthahnbrust mit Rosmarinkartoffeln

Nachspeise:
Apfel-Tiramisu

Zeit- und Zubereitungsplan:
Am Vorabend: Tiramisu vorbereiten.
Am Morgen: Suppe kochen und Truthahnbrust füllen.
Am Abend: Scampi braten, Truthahnbrust rechtzeitig in den Ofen schieben und in Scheiben schneiden, Rosmarinkartoffeln und ggf. Salat zubereiten.

Guten Appetit wünschen Gitta Edelmann, Regine Kölpin und Barbara Behr!

ZUCCHINI-KNOBLAUCH-SUPPE MIT SCAMPI

Zutaten für 4 Personen:

8 Scampi
Salz
Pfeffer
2 mittelgroße Zucchini
2 Zwiebeln
2 EL Butter
6 Knoblauchzehen
250 ml Geflügel- oder Rinderbrühe
250 ml Sahne plus etwas mehr zum Servieren
150 g Butter in Stücken
Olivenöl
4 Zweige Dill

Zubereitung: Die Scampi schälen, den Kopf abtrennen und den Darm entfernen. Kalt abspülen, trocken tupfen und mit Salz und Pfeffer würzen. Die Zucchini putzen und würfeln.

Die Zwiebeln schälen, fein würfeln und in der Butter anschwitzen, bis sie glasig sind. Die Knoblauchzehen schälen und mit der Knoblauchpresse nach und nach zu den Zwiebeln pressen. Anschließend die gewürfelten Zucchini zugeben. Die Zucchini anschwitzen, dann die Brühe und 250 ml Sahne zugeben und alles bei niedriger Hitze 5 Minuten köcheln lassen. Währenddessen die restliche Sahne steif schlagen.

Anschließend die Suppe mit dem Pürierstab fein pürieren und erneut kurz aufkochen. Am Ende die Butterstücke untermischen. Die Scampi in heißem Olivenöl anbraten, bis sie leicht rosa sind.

Zum Servieren die Suppe und die Scampi auf Suppenteller verteilen und mit einem Klecks Schlagsahne und je einem Dillzweig garnieren.

Tipp: Anstelle der Scampi können auch Räucheraal oder Schinken verwendet werden. Den Schinken dazu würfeln und anbraten, bis er kross ist. Den Aal enthäuten und die Gräten entfernen. Dann jeweils nach Belieben mit der fertigen Suppe auf die Teller verteilen.

GEFÜLLTE TRUTHAHNBRUST

Zutaten für 4 Personen:

1 kg Truthahnbrust
1 Bund Petersilie
50 g Backpflaumen
50 g Walnüsse
1 Handvoll Mehl
3 EL Butterfett
200 ml Geflügelbrühe
Salz
Pfeffer

Außerdem:
Kleine Holzspieße

Zubereitung:

Die Endstücke der Truthahnbrust abschneiden und für die Füllung beiseitelegen. Den restlichen Braten vorsichtig in der Mitte aufschneiden, sodass man ihn auseinanderklappen kann. Die Petersilie abbrausen und trocken tupfen. Die Truthahn-Endstücke zusammen mit der Petersilie pürieren. Die Backpflaumen und Walnüsse zugegeben und ebenfalls pürieren. Alles salzen und pfeffern. Die Füllung auf der aufgeschnittenen Truthahnbrust verteilen, dann den Braten zusammenklappen und mit den Holzspießen fixieren. Den Braten salzen, pfeffern und mit etwas Mehl bestäuben.
Den Backofen auf 180°C vorheizen.
Den Braten in einem Bräter mit Butterfett anbraten. Anschließend Brühe angießen und im vorgeheizten Ofen ca. 90 Minuten garen. Zum Servieren die Holzspieße entfernen und den Braten in Scheiben aufschneiden.
Dazu schmecken Rosmarinkartoffeln und Salat.

Rosmarinkartoffeln

Zutaten für 4 Personen:
600 g kleine Kartoffeln, festkochend
3 Zweige Rosmarin
3 EL Butter

Zubereitung:
Die Kartoffeln ca. 20 Minuten zusammen mit den Rosmarinzweigen in Salzwasser garen.
Dann die Rosmarinzweige aus dem Topf nehmen und beiseitelegen. Das Wasser abgießen und die Kartoffeln 2 Minuten ausdämpfen lassen. Inzwischen die Nadeln der Rosmarinzweige abzupfen und hacken. Die ausgedämpften Kartoffeln in einer Pfanne in der Butter anschwitzen, dann die Rosmarinnadeln zugeben. Kurz in der Pfanne schwenken und mit dem Braten servieren.

APFEL-TIRAMISU

Zutaten für 4 Personen:

4 Äpfel
2 EL Butter
60 ml Apfelsaft
Zimt
Zucker
50 g Löffelbiskuit
3 EL Calvados (alternativ Apfelsaft)
250 g Mascarpone
250 g Magerquark

Außerdem:
Kakaopulver zum Bestäuben

Zubereitung:

Die Äpfel schälen, vierteln, vom Kerngehäuse befreien und in kleine Würfel schneiden. Anschließend leicht in Butter anbraten. Nach und nach den Apfelsaft zugeben. Wenn alles eingekocht ist, nach Belieben mit Zimt und Zucker bestreuen.
Die Löffelbiskuits in eine Auflaufform geben und mit dem Calvados (oder Apfelsaft) beträufeln.
Danach den Mascarpone mit dem Quark verquirlen und anschließend die Apfelmasse vorsichtig unterheben.
Die Masse auf den Biskuits verteilen und eine Nacht kalt stellen. Vor dem Servieren mit Kakaopulver bestäuben.

ÜBER DIE AUTORINNEN

Gitta Edelmann hat schon an sehr unterschiedlichen Orten Weihnachten gefeiert, unter anderem in Rio de Janeiro und Edinburgh, wo sie einige Jahre gelebt und als Übersetzerin gearbeitet hat. Sie verbringt die Festtage gerne entweder in Bonn, wo sie seit über 20 Jahren lebt, oder in ihrer Heimatgegend am Rande des Schwarzwalds.

In Gitta Edelmanns Romanen und Kurzgeschichten für Erwachsene und für Kinder findet man Kriminelles, Historisches oder Fantastik ebenso wie Romantik – meist mit einem Augenzwinkern. Sie leitet zudem Workshops für Kreatives Schreiben, begleitet als Schreibcoach angehende Autor*innen bei ihren Projekten und ist gelegentlich als Herausgeberin oder Lektorin tätig.

Mehr unter www.gitta-edelmann.de

Regine Kölpin wurde 1964 in Oberhausen (NRW) geboren, lebt aber seit ihrer Kindheit in Friesland und wohnt in einem kleinen Dorf an der Nordsee. An der Küste liegt zu Weihnachten nur selten Schnee, aber wenn es im Winter friert, kann man wunderbar Schlittschuh laufen. Ansonsten ist das Weihnachtsfest an der Nordsee genauso feierlich wie anderswo und es gibt Weihnachtsmärkte und Krippenspiele. Dort im Norden kommt allerdings der Weihnachtsmann und nicht das Christkind.

Regine Kölpin hat zahlreiche Romane und Kurztexte bei namhaften Verlagen publiziert und ist auch als Herausgeberin tätig. Die Autorin wurde bereits mehrfach ausgezeichnet (z. B. mit dem Stipendium Tatort Töwerland/Titel: Starke Frau Frieslands).

Mehr unter www.regine-koelpin.de

ÜBER DIE ILLUSTRATORIN

Barbara Behr, 1955 geboren, arbeitete nach einer Schauspielausbildung und Töpferlehre zunächst viele Jahre in den Bereichen Keramik und Design.

Dann machte sie ihre eigentliche Leidenschaft des Illustrierens zum Beruf. Sie designt nun schon seit über 20 Jahren mit ihren originellen nostalgischen Motiven und viel Humor Bücher, Papeterie, Adventskalender und viele andere schöne Geschenke mit großartigem Erfolg für den Coppenrath Verlag und internationale Auftraggeber.

Mehr unter www.behr-pixelart.de